KB220363

MY PURE PLANET

나의 순결한 행성

초판 1쇄 인쇄 2016년 11월 15일
초판 1쇄 발행 2016년 11월 22일

지은이 살구
펴낸이 연준혁

출판 1분사 편집장 한수미
책임편집 위윤녕
디자인 하은혜

펴낸곳 (주)위즈덤하우스 **출판등록** 2000년 5월 23일 제13-1071호
주소 경기도 고양시 일산동구 정발산로 43-20 센트럴프라자 6층
전화 031)936-4000 **팩스** 031)903-3893 **홈페이지** www.wisdomhouse.co.kr

값 13,800원 ISBN 978-89-5913-072-6 04810

국립중앙도서관 출판시도서목록(CIP)

나의 순결한 행성 / 지은이: 살구. — 고양 : 위즈덤하우스, 2016
p. ; cm

ISBN 978-89-5913-072-6 04810 : ₩13800

한국 현대 수필[韓國現代隨筆]

814.7-KDC6
895.745 DDC23 CIP2016026981

ㅇ

MY PURE PLANET

나의 순결한 행성

ㅇ

글·그림 살구

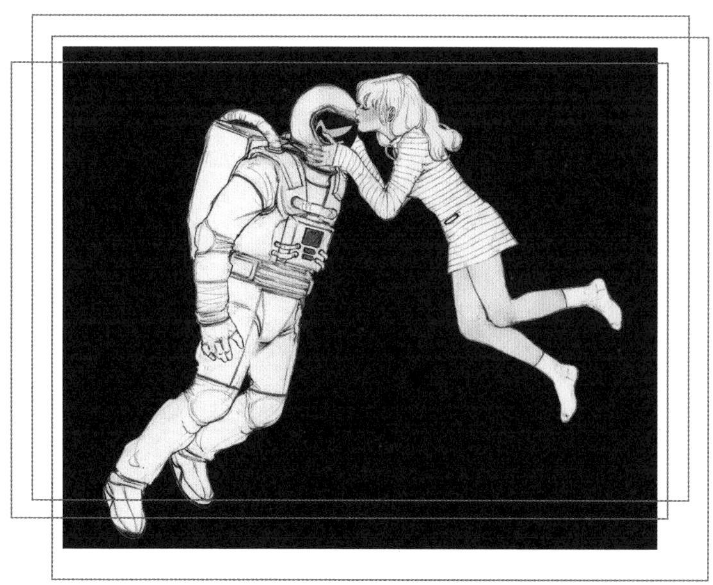

예담

창작자들을 위한
플레이그라운드

Creator's Playground

우리는 새로운 문화를 만들어갑니다.
당신의 재능을 소개하고,
새로운 작품들을 발견하고,
수많은 이야기를 공유할 수 있는 곳.
그라폴리오는
전 세계의 다양한 크리에이터, 팬들과 함께 만들어가는 플랫폼입니다.
누구나 작품을 올리고 공유할 수 있으며, 작품을 판매할 수 있습니다.
이를 통해 크리에이터들이 더 좋은 작품을 만들고 더 많은 팬들을 만나며,
작품을 통해 서로 연결되는 곳.
우리는 세상에 없던 새로운 문화를 만들어갑니다.

CONTENTS

Sentimental girl

◦

Hello stranger

◦

안녕, 새로운 나.

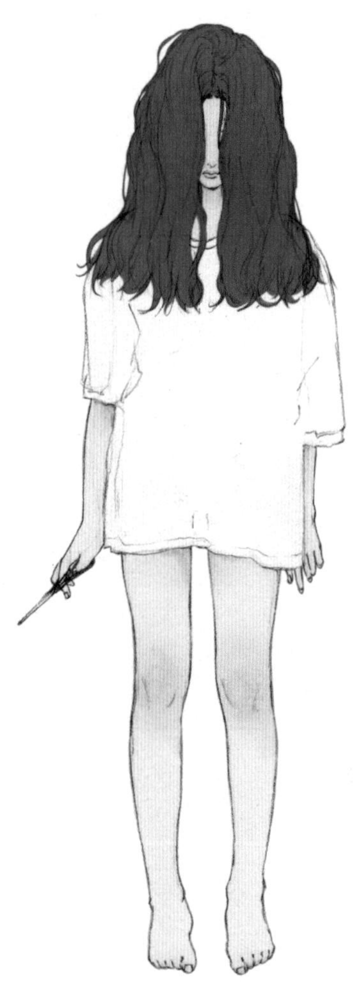

ㅇ

잊히지 않는 눈빛

ㅇ

너와 처음 눈 마주친 순간,
처음 눈 마주친 순간을 떠올릴 때마다
나는 사랑에 빠진다.

°

먹지 않아도 배가 불러

°

널 쳐다보는 것만으로도 가슴이 벅차올라.
감당하기 어려운걸.
'먹지 않아도 배가 불러'라는 말은
거짓말이라고 생각했었어.

◦

너와 나 사이의 거리

◦

천천히 스며들듯 다가갈게.

ㅇ

사소한 나

ㅇ

네가 무심코 한 행동의
의미를 찾는 건 무의미할까?

◦

네가 보고 싶었어

◦

거짓말처럼
내 눈앞에 나타나길….

ㅇ

있잖아…

ㅇ

이따금
상상하곤 했어.
널 다시 만나게 된다면
난 어떤 표정을 짓고 있을까?

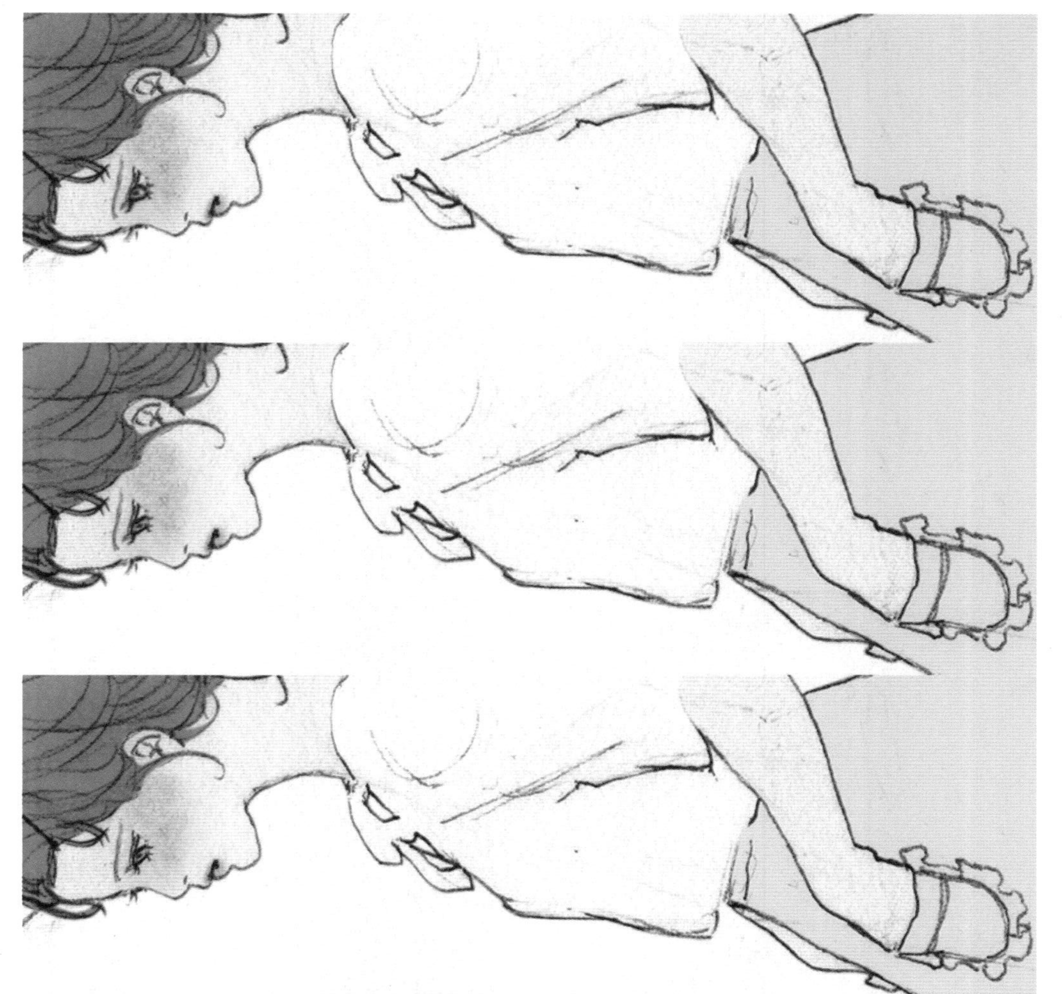

ㅇ

오랜만이야

ㅇ

시간이 흐르고,
생각하고 또 생각했어.
넌 내가 만든
기억 속
얄궂은 허상이 아닐까….

넌 하나도 변하지 않았네.

○

이거슨 꿈인가요?

○

꿈이라면….

꿈이라도 좋으니
날 깨우지 말아주세요.

◦

지금 넌 뭐하고 있니?

◦

하루 온종일
난
네가 궁금해.

◦

잠이 든 사이에

◦

목소리가 듣고 싶어.
전화를 할까, 말까.

그렇게
너의 연락을 기다리다가
네가 준 곰 인형에 괜한 심통을 부려봐.

그러다가
난 잠이 들어.
잠이 든 사이
너의 향기를 맡은 것 같은데….

내 착각인 걸까?

눈을 떴을 때

네가
내 눈앞에 있다면
좋을 텐데….

◦

아직은

◦

아직은
때가 아니라고 생각해.

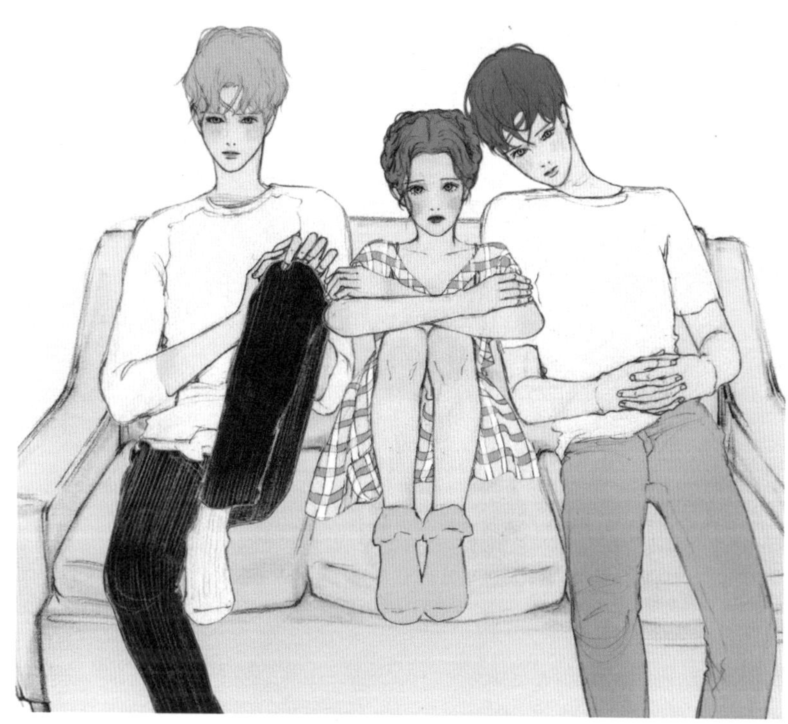

◦

마음을 접는다는 말처럼

◦

마음을
종이처럼 접을 수 있는 거라면….

○

좋 . 아 . 해

○

좋

아

해 .

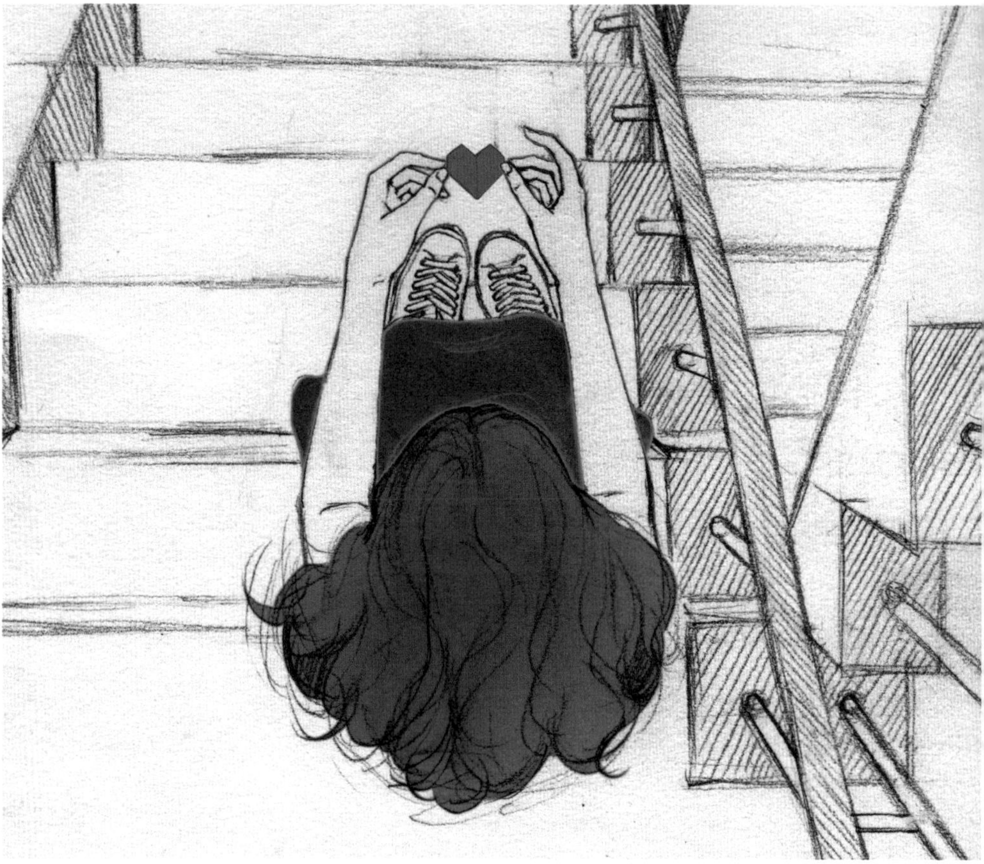

부탁이야

너에 대한
내 마음을
겨우 다 접었다고 생각했다.

하트 모양으로….

제발 가져가버려.

◦

항상

◦

지금 생각해보면
넌
항상 내 곁에 있었던 것 같아.

익숙함에 익숙해져서,

널
잃을 수 있을 거라는 생각을 못 했어.

미안하지만
넌
아무 데도 못 가.

◦

네 곁에 있으면

◦

좋은 꿈만 꾸게 될 것 같아.

◦

너에게 갇혀

◦

수수께끼,

그 수수께끼는
처음부터 답이 없었다.

출구가 없는 동굴에 들어서서
입구는 이미 막혀버렸고….
산소는 점점 희미해져
정신마저 혼탁하다.

너에게 갇혀.

◦

문득

◦

◦

Melting point

◦

◦

방과 후 소년, 소녀

◦

뭔가 뒤틀려 있었다.

그날의 공기, 햇살,
이전에 느껴왔던 것과는 다른….

익숙했지만 낯선,
설명할 순 없지만 분명히….

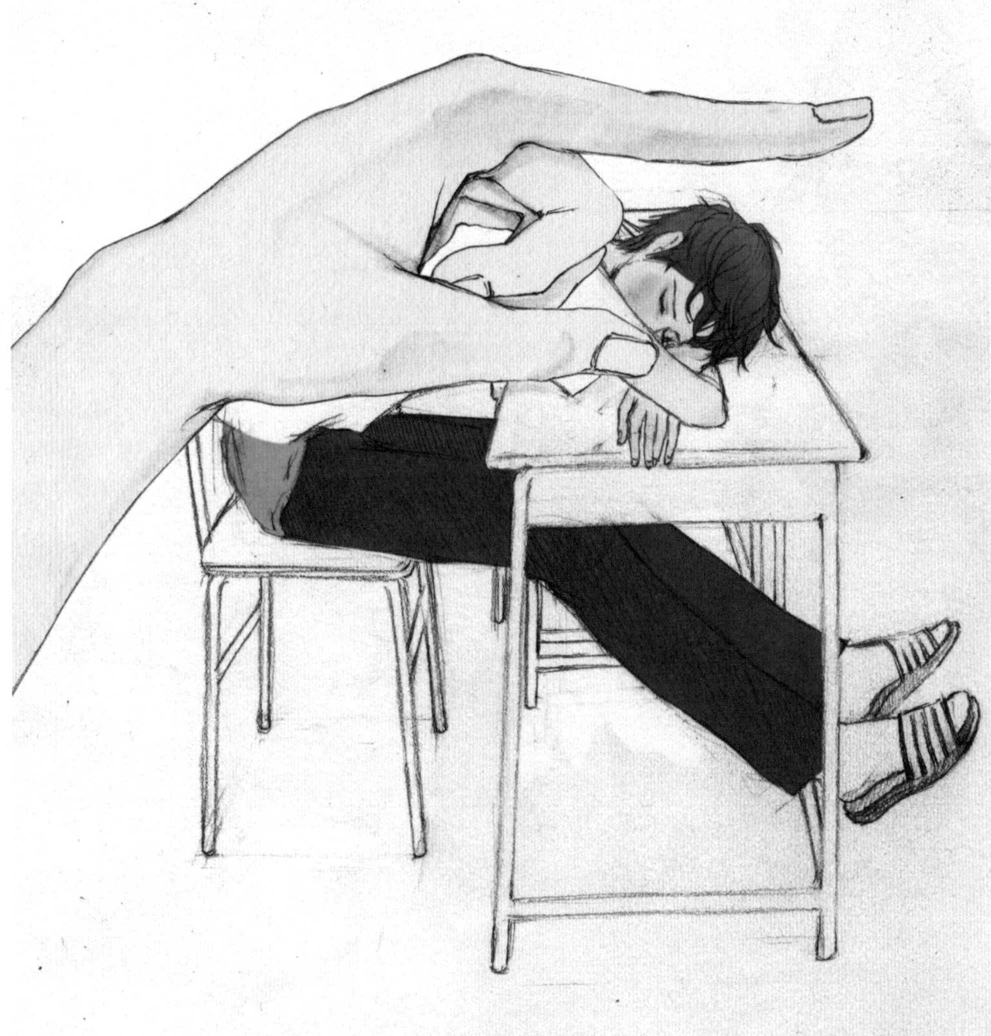

○

더블클릭

○

궁금해.
널 더블클릭 해보고 싶어.

○

꿈결

○

꿈을 꾸었던 것 같은데
눈을 뜨면 기억이 나지 않는다.

눈을 감으면
다시 떠오를까?

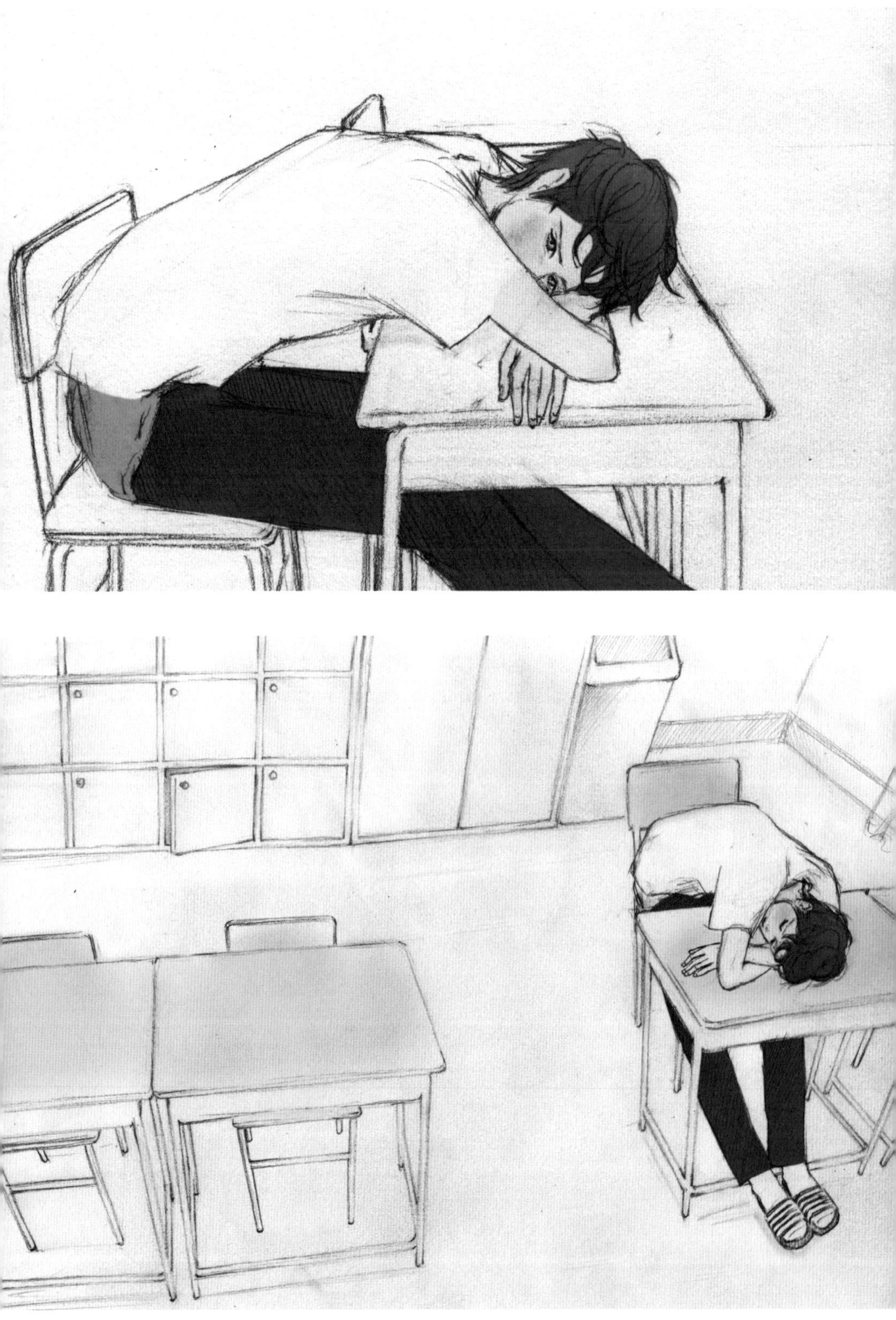

○

이상한 밤 거룩한 밤

○

그 밤

나는
이곳에
언제,
어떻게
오게 된 걸까?

이상한 밤이었다.

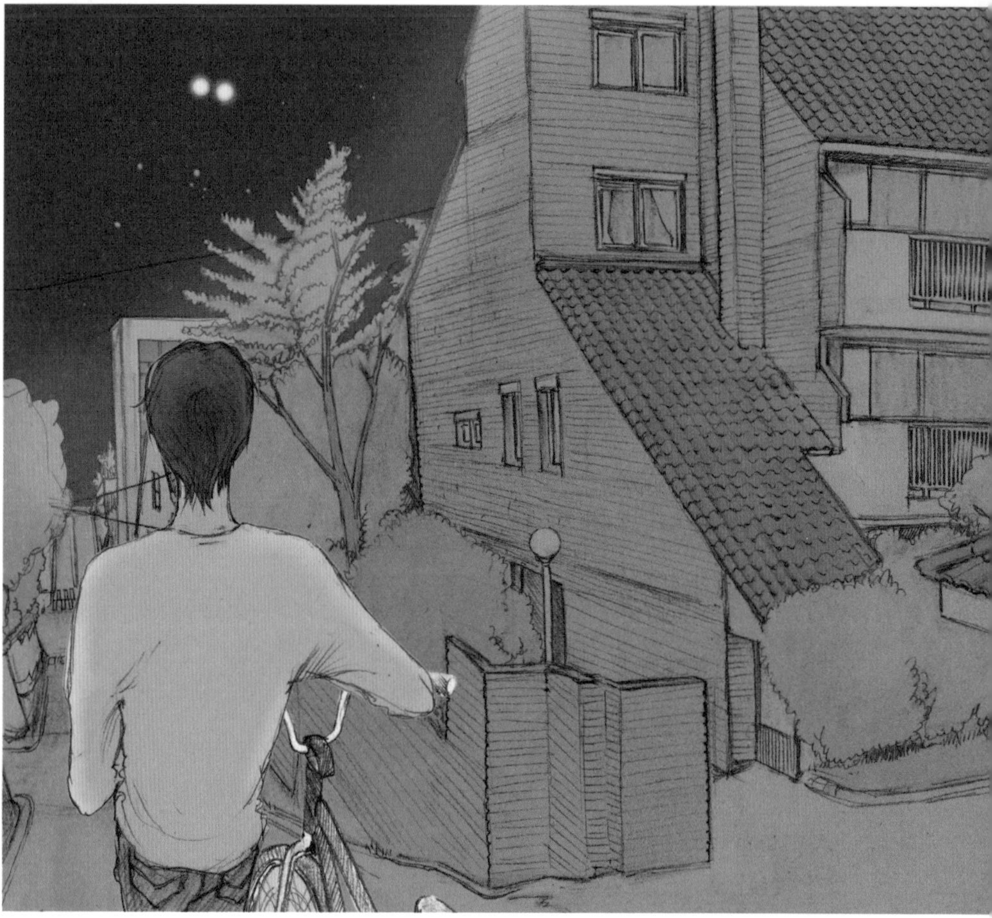

왠지 유난히 밝은 밤

어느 날

무심코 올려다본
밤하늘에

떠 있는 달이

두 개라면….

넌 무슨 표정을
지을 것 같아?

◦

싱숭생숭 나비야

◦

네가
나에게

나비가 되어
살포시 날아와

간질이듯

흩트려놓은 건
무엇이었을까?

◦

Love me if you dare!

◦

널 자꾸만 건드리고 싶어.

장난스럽고 서툴지만
널 좋아해. 바보야.

Bird kiss

사과 맛
너와의 버드 키스.

◦

달콤한 오후

◦

'자, 포즈를 취해보시죠?'

너와 함께라면
공기마저 달콤해.

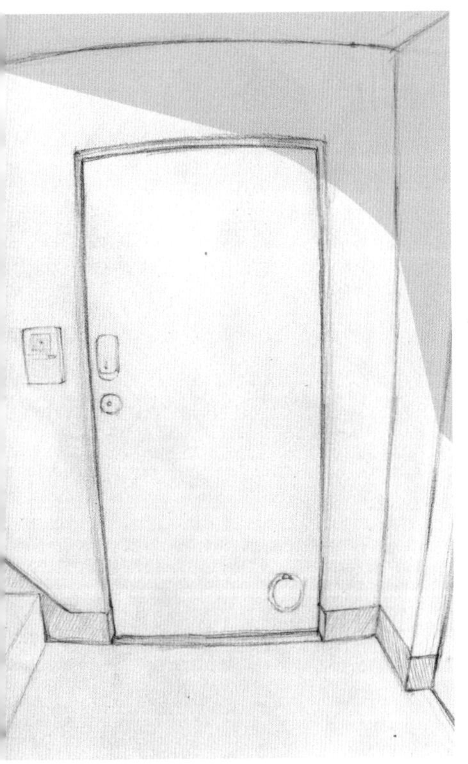

○

지켜봐

○

조용히 숨죽여
네가 오기를
기다려.

◦

꼭꼭 숨어라, 머리카락 보일라

◦

혹시

투시 능력이라도 있는 걸까?
아니면
너도 내가 궁금했던 거니?

ㅇ

너의 다정한 손길

ㅇ

잠시
눈을 감았다 뜬 것 같은데….

넌 언제부터 거기에 있었니?

◦

꾸벅꾸벅

◦

텅 빈
그곳에
거짓말처럼
네가 서 있었어.

넌 내가 다가오는 것도 모른 채

꾸벅꾸벅.

◦

바람을 느껴

◦

난
너의 행성에
발을 들여놓은 외계인.

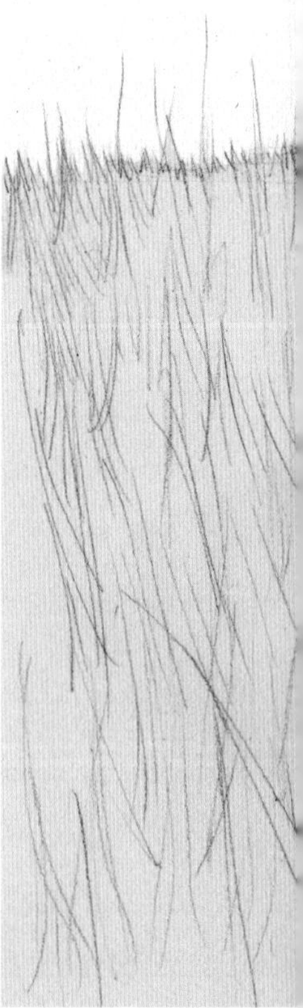

。

여기에 있을게

。

넌 그곳에 있었고

난 느낄 수 있어.

응답해줘.
너에게 닿을 수 있도록.

◦

너와의 달콤한 오후 네 시

◦

이렇게 귀여운데….
한입만 주시면 안 될까요?

◦

난 파블로프의 소녀

◦

오후 네 시

여느 때처럼
네가 나타났고

나는 반응한다.

나의
온 신경은
너에게로 향해 있다.

ㅇ

꼼짝 마

ㅇ

난 항상 고양이만 보면 졸졸졸
너와 그랬던 것처럼….

그러다
어느 날

거짓말처럼 나타났어.

네가 보고 싶었는데
많이 보고 싶었는데
막상
내 눈앞에 네가 서 있으니

굳어버렸지.

°

그 골목길

°

나는
우연히
널 기다려.

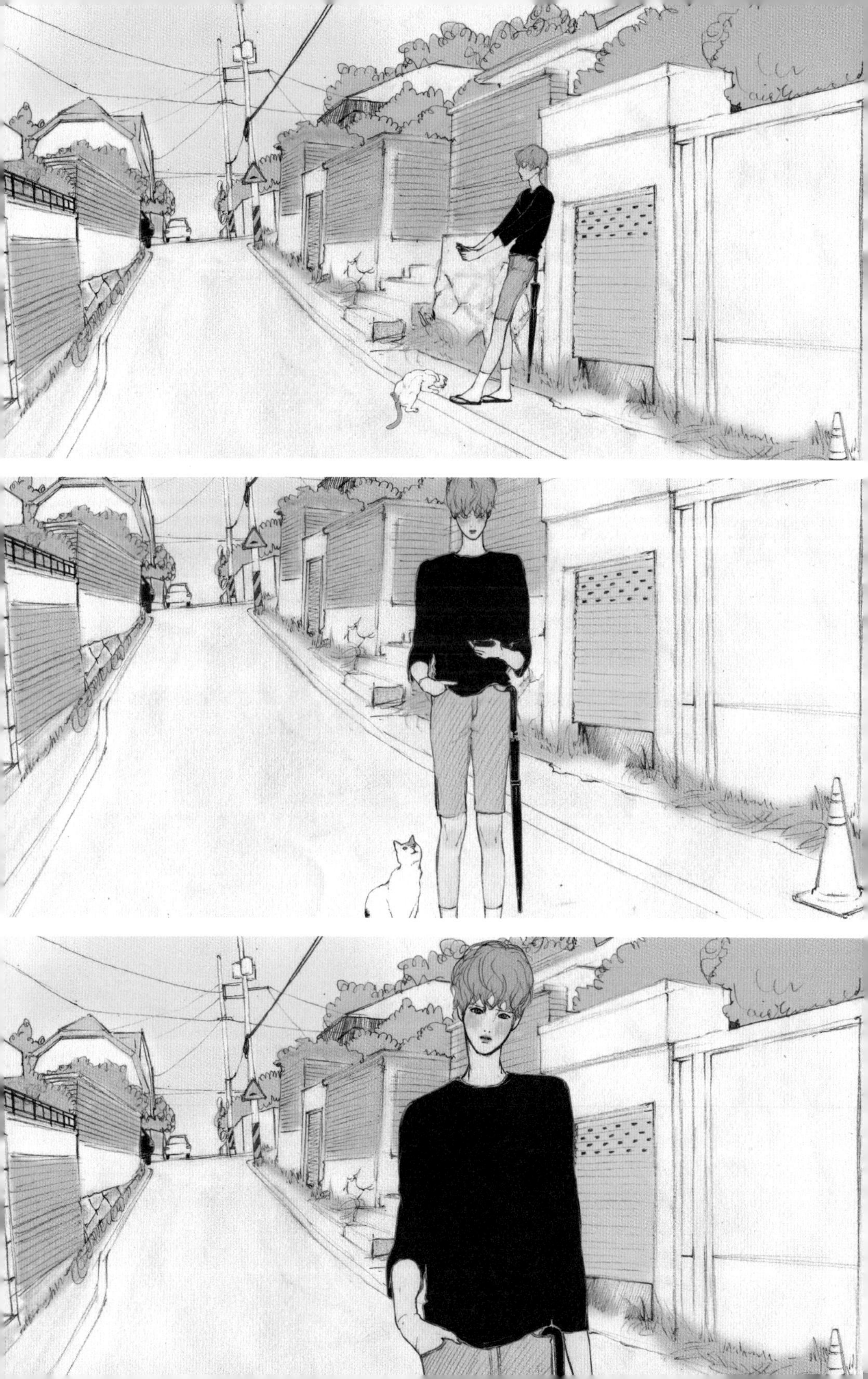

ㅇ

가끔 한 번씩

ㅇ

예보에 없던
먹구름이 몰려와
머릿속을 적셔놓는다.

그렇게
장마는 시작되었고

결국 걷잡을 수 없이
홍수가 나버렸다.

◦

이상한 시간 속에 갇힌

◦

날 찾아주었으면 해.

P

P

P

P

툭툭

툭툭

그러니까

그냥
한번
건드려보고 싶은
그런 심리.

○

그러니까 있어

○

네가 좋아했던 그 노래,

그 노래를 들으면
네가 옆에 있는 것만 같아.

◦

결국엔

◦

닿을 수 있을까?

○

발칙한 상상

○

언제가 처음이었는지 기억이 나지 않지만,
내 의지와는 상관없이
이미 상상하고 있었어….

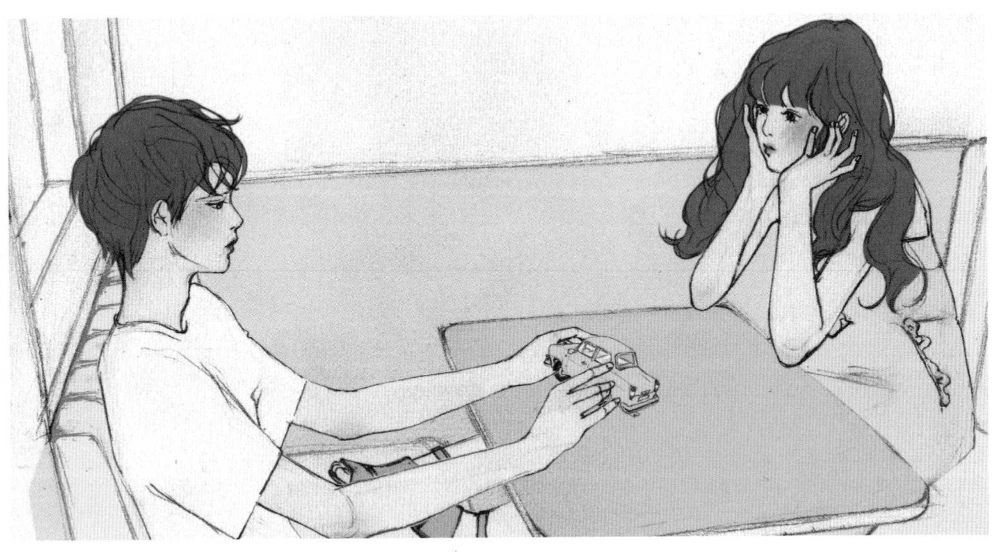

ㅇ

그렇게

ㅇ

돌고, 돌고, 돌다 보면….

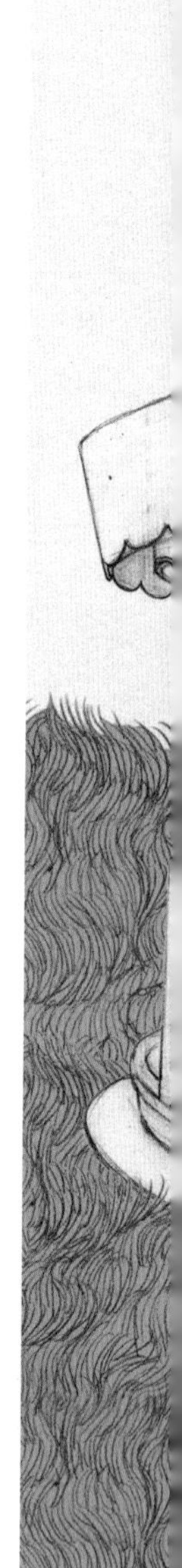

◦

나른한 휴일

◦

그곳엔
바람 한 점, 구름 한 점 없었다.
실재하지만 실재하지 않는 곳처럼.

◦

다 태워주길…

◦

너를 위해 만든 버터크림 케이크에

혼자서 촛불을 켰어.

초가 다 녹아 없어질 때까지
꺼지지 않도록.

자연스럽게 천천히
더 이상 태울 심지가 남아 있지 않을 때까지
다 태워주길….

ㅇ

눈을 감으면

ㅇ

또 다른 나의 속삭임이 들려.
평행하는 우주 속
수많은 나.

◦

지금 이럴 때가 아닐 텐데?

◦

이상하지?

시험 기간만 되면 네 생각이 더 많아져….
집중할 수가 없어….

꼭 공부 못하는 애들이 그렇다던데….

내가 공부를 못하는 건
다
너 때문이다!

책임져!

ㅇ

그림자놀이

ㅇ

널 잡아먹을 테다.

“우헤헤~ 무섭지 멍멍아?”
“뉘예~ 뉘예~ 참 무섭네요!”

◦

둥둥

◦

물 위에 둥둥 떠 있는 기분.
조금씩 천천히, 움직이고 있다는 것도 잊은 채
나도 모르는 사이
해변과는 이미 저만큼 멀어져버려,

돌아가는 방법을 모르겠어.

◦

미안하지만

◦

"난 너한테 마음이 없어."

그런 말은
상냥하게 하지 말아줘.

ㅇ

무책임하게

ㅇ

날 설레게 했던 그때 그 행동들이
지금은 날 괴롭게 해.

차라리
잘해주지 말지.

◦

마트 놀이

◦

날 따라 해봐라.
요렇게?

1+1

1+1
SALE

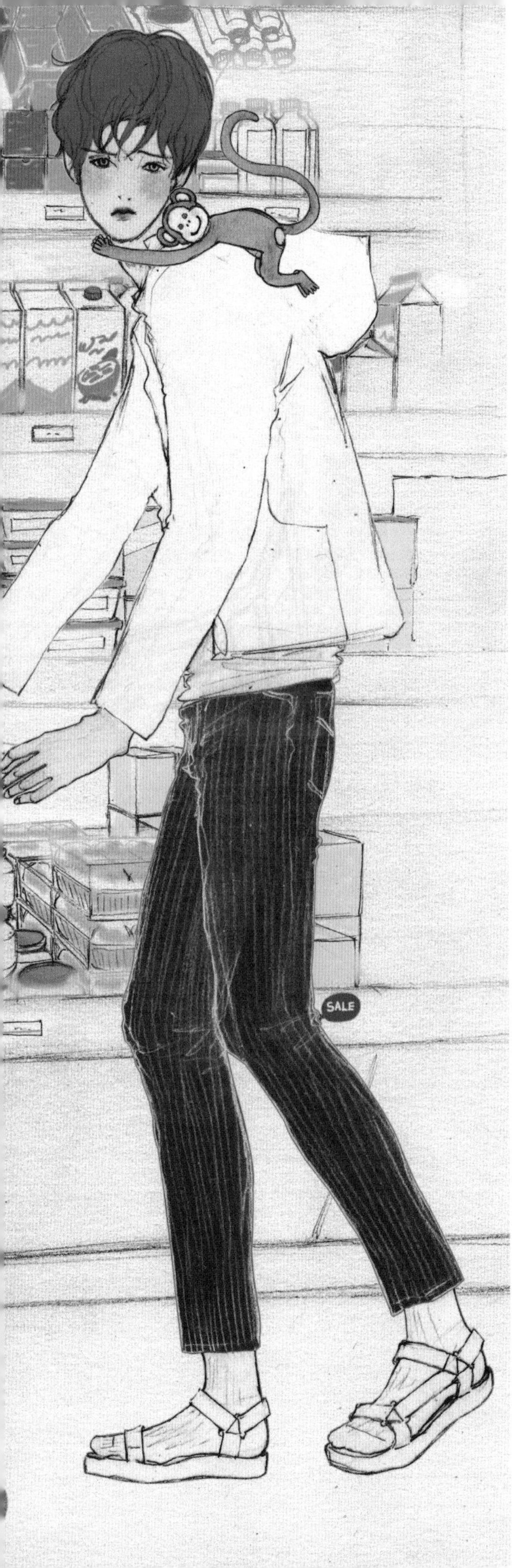

○

그런 얼굴 하지 마

○

그런 표정 하지 마.

사실은
너랑 함께여서 신난 거야.

* 주의: 따라하지 마세요!

◦

네가 다가오면

◦

너와 나는
1+1.

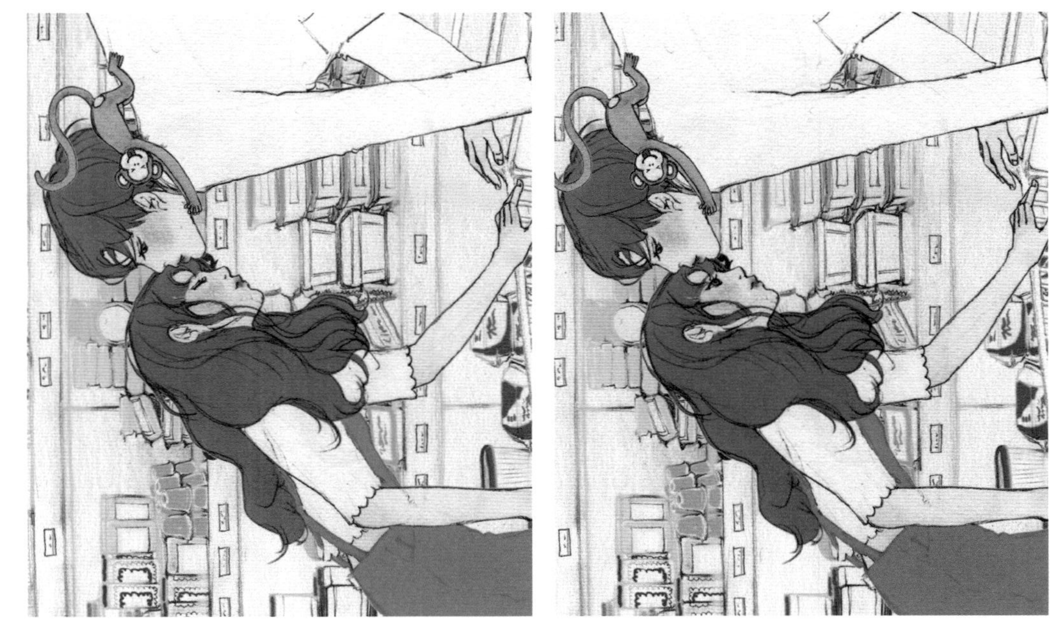

ㅇ

모퉁이에서

ㅇ

네가 자주 오가는
길목을 서성거려.

네가 출몰하기를 기대하면서

머릿결도 체크
몸가짐도 단정하게.

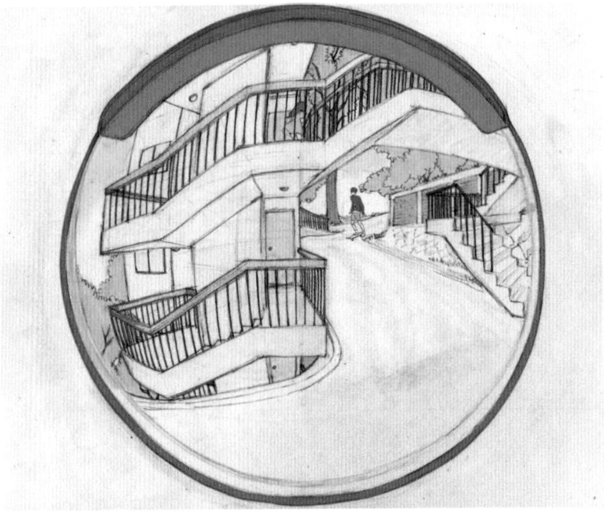

○

그래 봤자

○

빤히
보여.

그래 봤자 넌 내 손바닥 안이야.

옜다.
이거나 받아라~

빨래하기 좋은 날

뽀송뽀송
깨끗하게
새로 태어나고 싶은 날,
그런 날이 있잖아?

햇살 좋은 날.

물끄러미

네가 좋으면
나도 좋아.

ㅇ

있었다

ㅇ

그곳에
집이 있었다.

언제부터 있었던 걸까?

알 수 없지만,

그 하늘색 문을
열면

다른 세상으로
통할 것 같았다.

○

어서 와

○

우리 집에 초대할게.
늦지 않게 오길 바라.

○

빨간 립스틱

○

빨간 립스틱을 바르면
설레는 일이 생길 것 같다.

◦

살포시

◦

마법에 걸린 듯
너의 따뜻한 숨결이 느껴져.

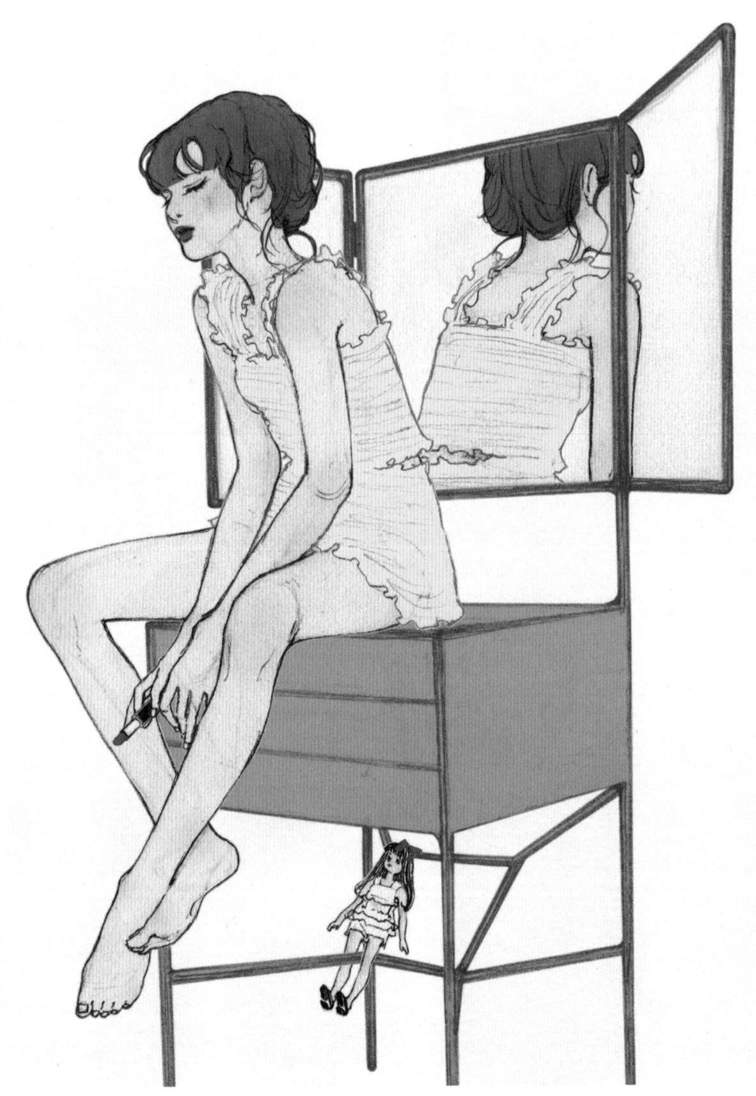

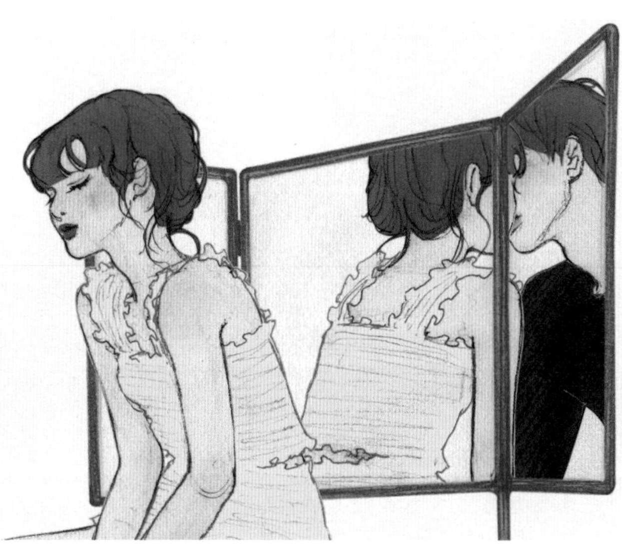

◦

마주치다

◦

그 수많은 갈림길에서
너를 만날 확률은 얼마나 될까?

둘만의 인사

안 내면 술래~

가위
바위
보

넌 언제나 주먹

◦

내 눈에는 너만 보여

◦

네가 어디에 있든
무얼 하든
널 찾아내는 탐지기가 있나 봐.

◦

이렇게 너와 나

◦

하트는 둘이 만드는 거지.

이렇게

너와 나로 연결된
또 하나의 심장.

ㅇ

피용피용

ㅇ

비록
너의 장난에 놀아나

상처받고
아프다 해도

나는 그것마저 행복해.

그러면 된 거야.

흔들흔들

넌
그 애와 나를 양손에 들고
흔들흔들.

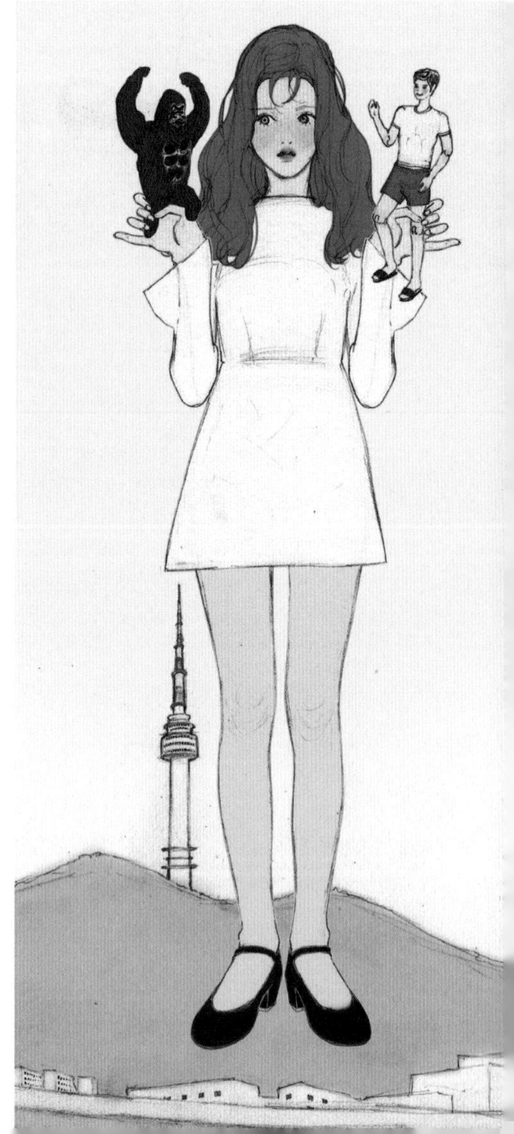

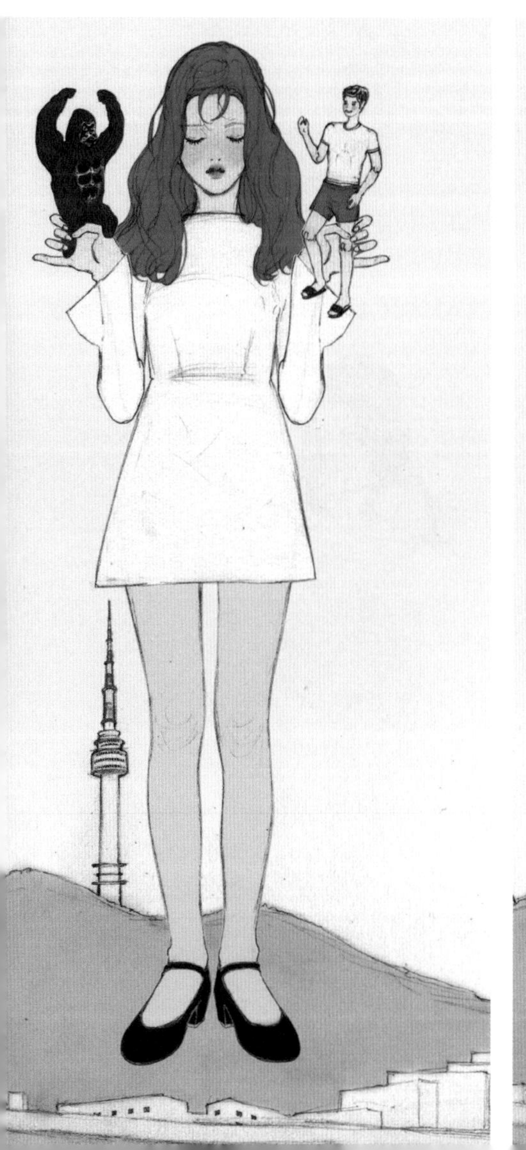

웜홀 생성 및 사용 설명서

준비물

체온과 비슷한 37.5도의
물을 한 잔 준비합니다.

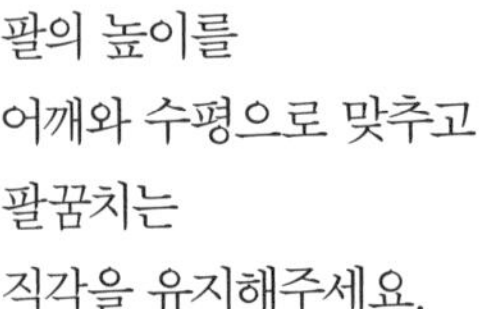

팔의 높이를
어깨와 수평으로 맞추고
팔꿈치는
직각을 유지해주세요.

일정한 속도로
천천히 웅덩이를 만듭니다.

그러엄~!
준비하시고

뛰세요!!

○

설마

○

설마, 라고 생각한 순간엔

이미
집어삼켜져 버렸지.

○

1, 2, 3

○

1,

2,

3

문이 열리고

엘리베이터가 데려다준

문밖의 그곳은

내가 아는
그곳이 맞는 걸까?

◦

아무도 모르는 이야기

◦

호수가 안 붙어 있는
빌라에 대해 들어본 적 있니?

그 빌라에

언젠가부터
인기척이 느껴진다는 거야.

아주 오랫동안
비어 있던 그곳에….

○

Love potion

○

자,
너도 하나!

좋은 건
나누어 먹는 거라 하였지요!

Love Potion

Potato
Love Potion

수상한 자판기

간절히 바라면
결국 만나게 되어 있어.

Very
berry
candy
Potato
onion
French
Honey
Bee

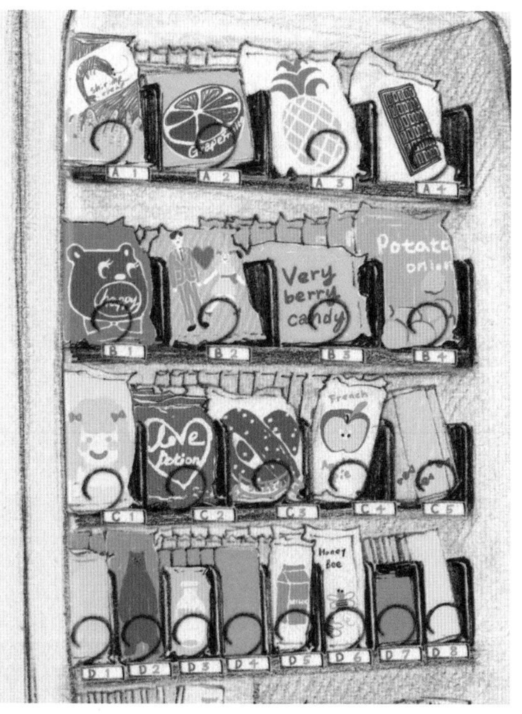

Grapefruit
Very
berry
candy
Potato
onion
Love
Potion
French
Honey
Bee

ㅇ

이 안에 너 있다

ㅇ

곰돌이 한 마리를
잡아다
배를 가르고

빠져나오지 못하게
잘 꿰매주세요.

어렵지 않아요~
이렇게!

짜잔~

그렇게
하룻밤만 코~ 자고
내일 봐요!

◦

I'm yours

◦

내 거 잠들었으니
조용히 해주세요!

◦

길목에서

◦

네가 지나다니는 그 길목에서
널 깜짝 놀래주기 위해….

긴장되는 순간
두구두구두구!

10 - 04
긴가민가해
그런데 이거 뭐하는 거야?
티라노사우루스?

○

아마도

○

나에게 고마워해야 할 거야.

◦

왈칵

◦

까만 밤
빛나는 별처럼

왈칵
쏟아져버린 눈물이

반짝반짝 위로를 주었다.

○

조마조마

○

그렇게

예쁘게 웃어주면

내 마음이
들켜버릴까
조마조마해.

등굣길 버스 정류장

차가운
버스 정류장

머리에 닿은
따뜻한 너의 손

스르르 녹아
바닥으로 스며들 것만 같은 기분.

오늘은 머리 안 감을 거다.

◦

지켜보고 있다

◦

에헴~
거기 둘
냉큼 떨어지지 못할까!

○

달, 달 무슨 달

○

그 깊이와 너비를 가늠할 수 없는
까만 우주 속.

난 언제부터 이곳에 있었고
또 언제까지 이곳에 있어야 하는 걸까?

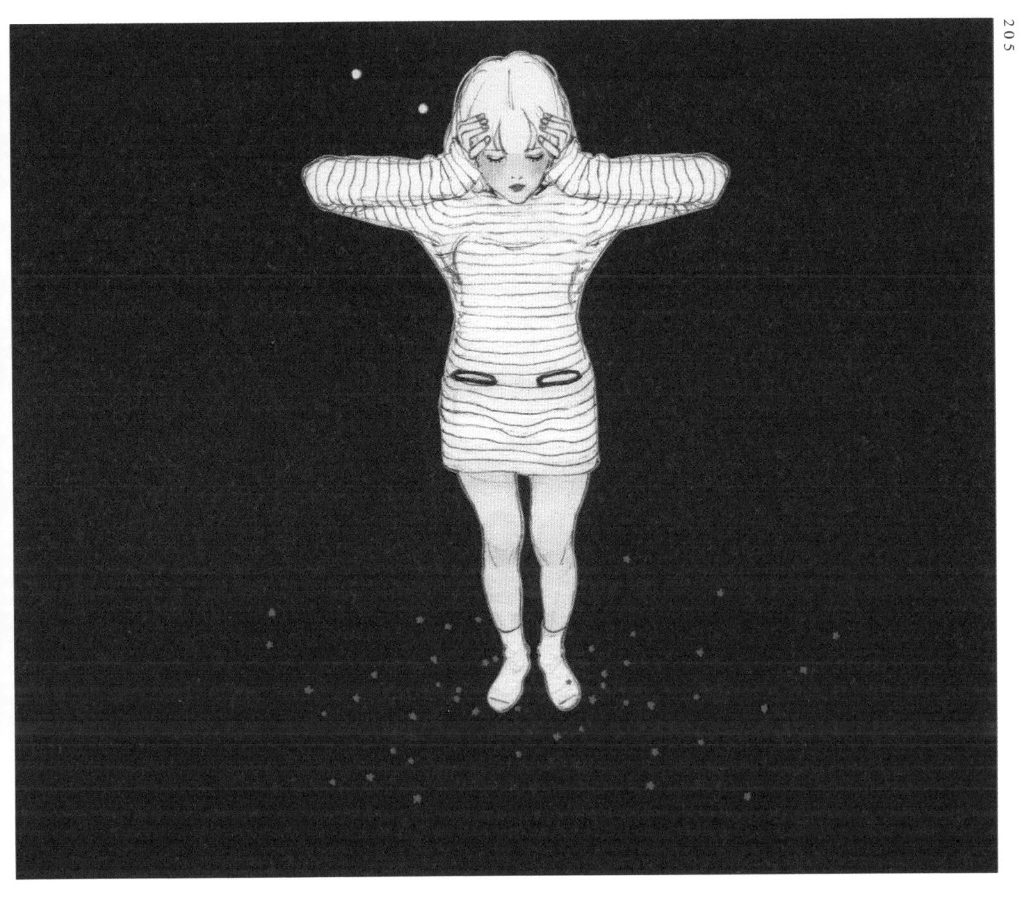

나를 중심으로
공전하는 두 개의 달은

둘 중 어느 것이
먼저였는지
모호해진 지 오래.

○

지그시

○

지그시
눈을 감고

무뎌져 있던 감각을 깨워.

귀를 기울여.

쿡! 쿡!

우주의 망망대해를 떠돌던 중
그렇게
너를 발견했어.

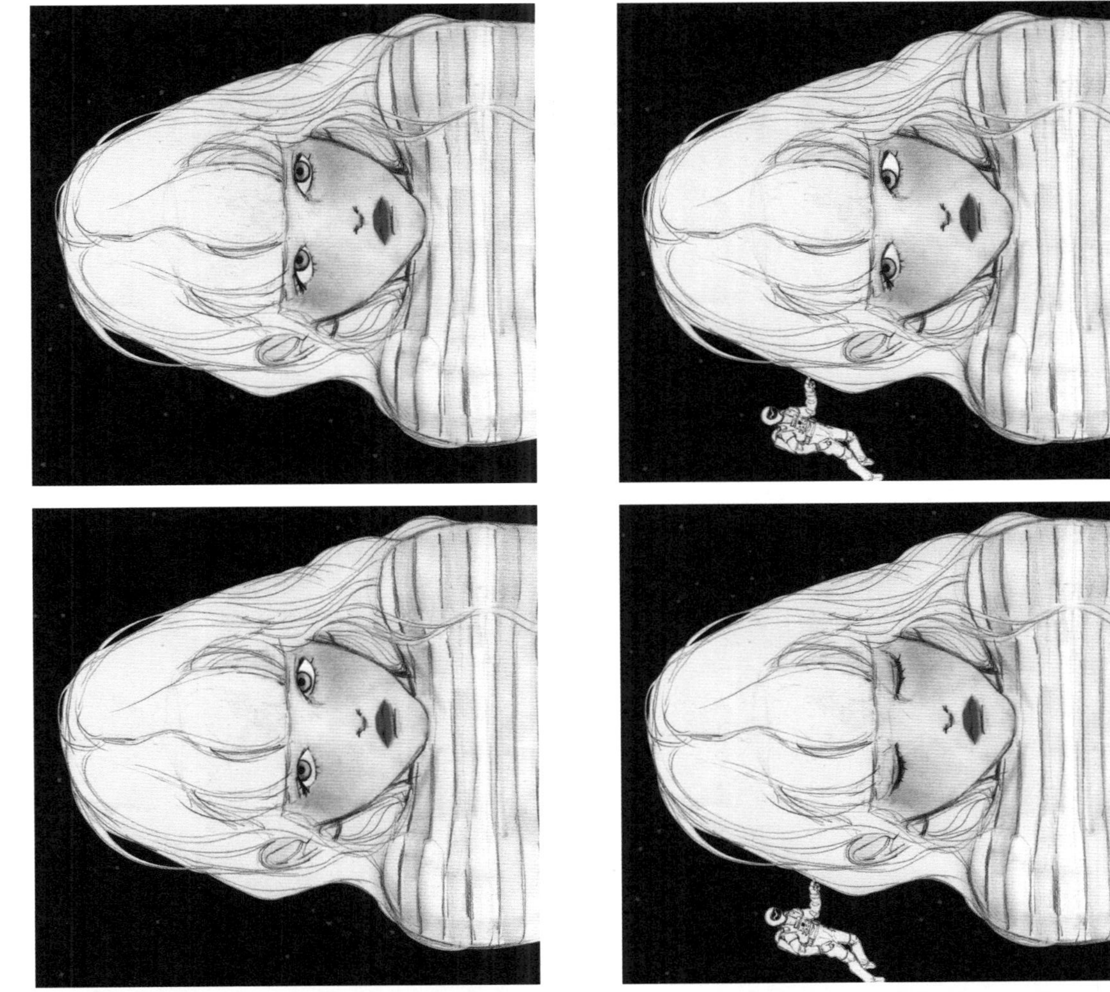

○

Across the universe

○

찾았다!

네가 어디에 있든
찾아낼 수 있는 탐지기가 있어.

바보야

나는 원래 소심한 겁쟁이라….

네가
내 마음을
알아줬으면 하면서도

한편으론 들키고 싶지 않아서

이 정도가 나의 최선이야.

원래
등잔 밑이 어둡다고 하잖아.

내가 더

내가 더 보고 싶어.

내가 더
보고싶어

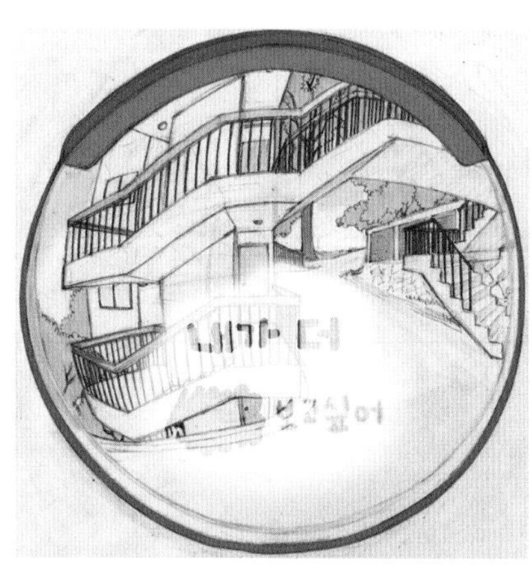
내가 더
보고싶어

◦

수상해

◦

사실 처음부터
존재하지 않았던 것처럼….

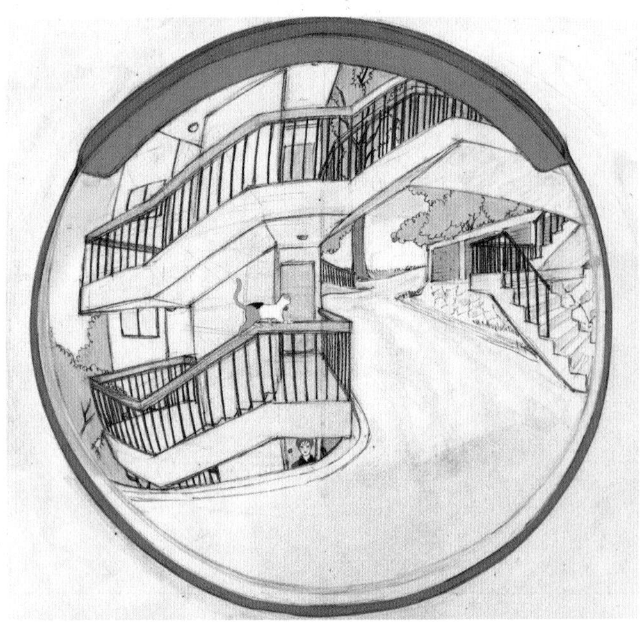

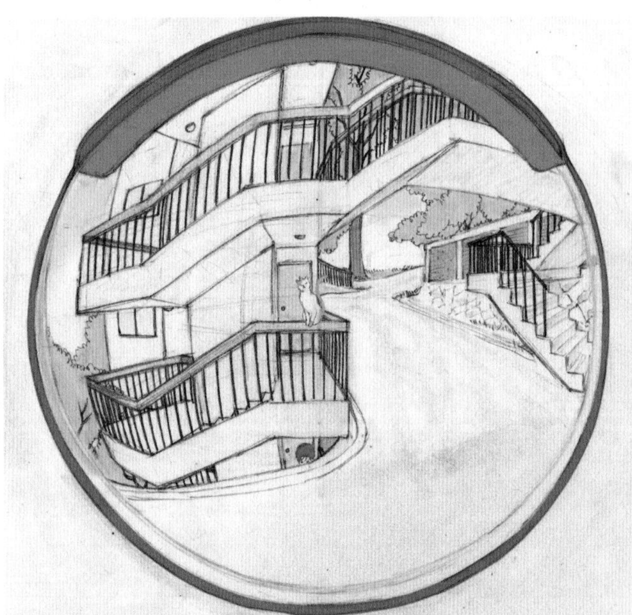

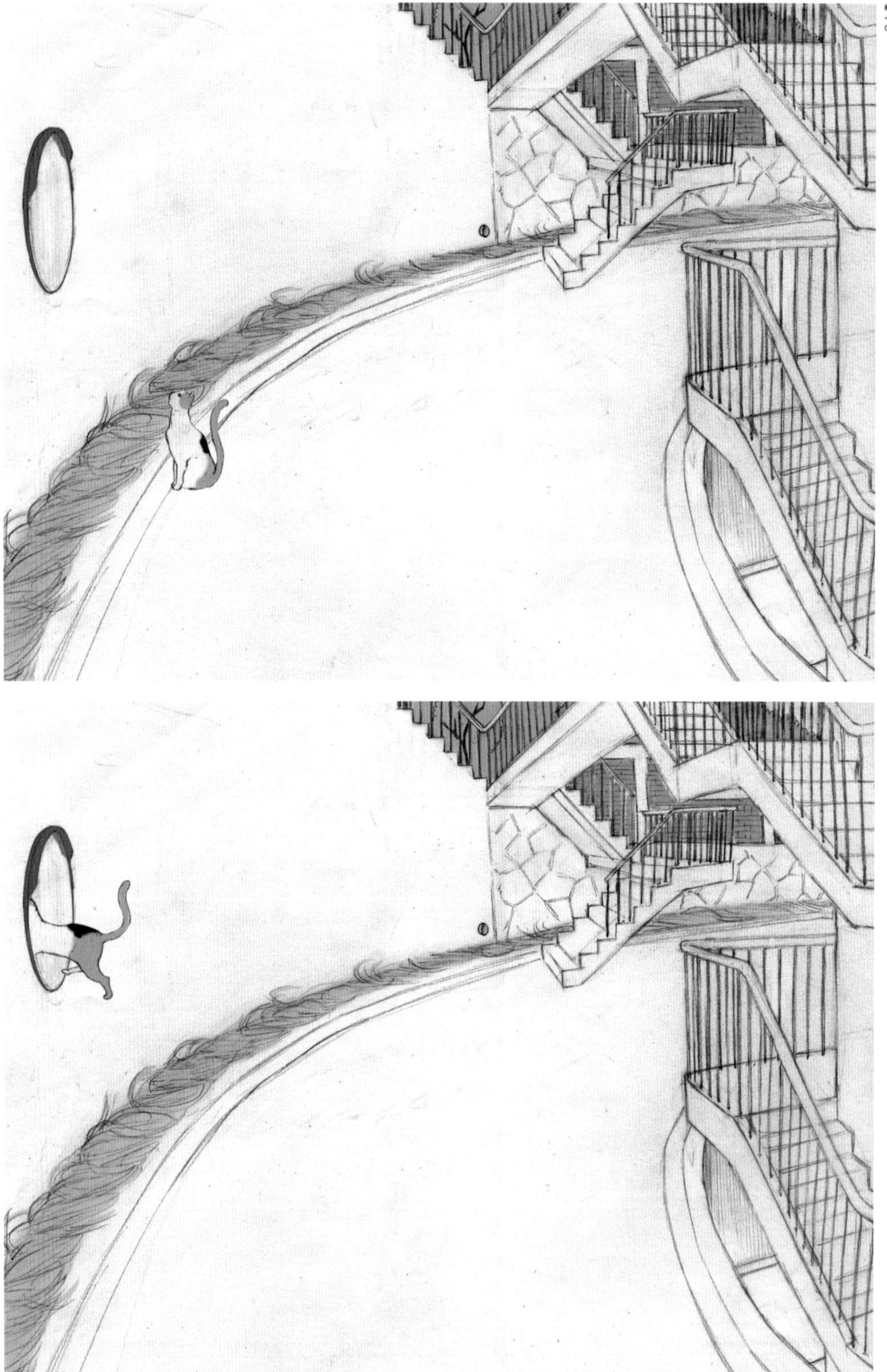

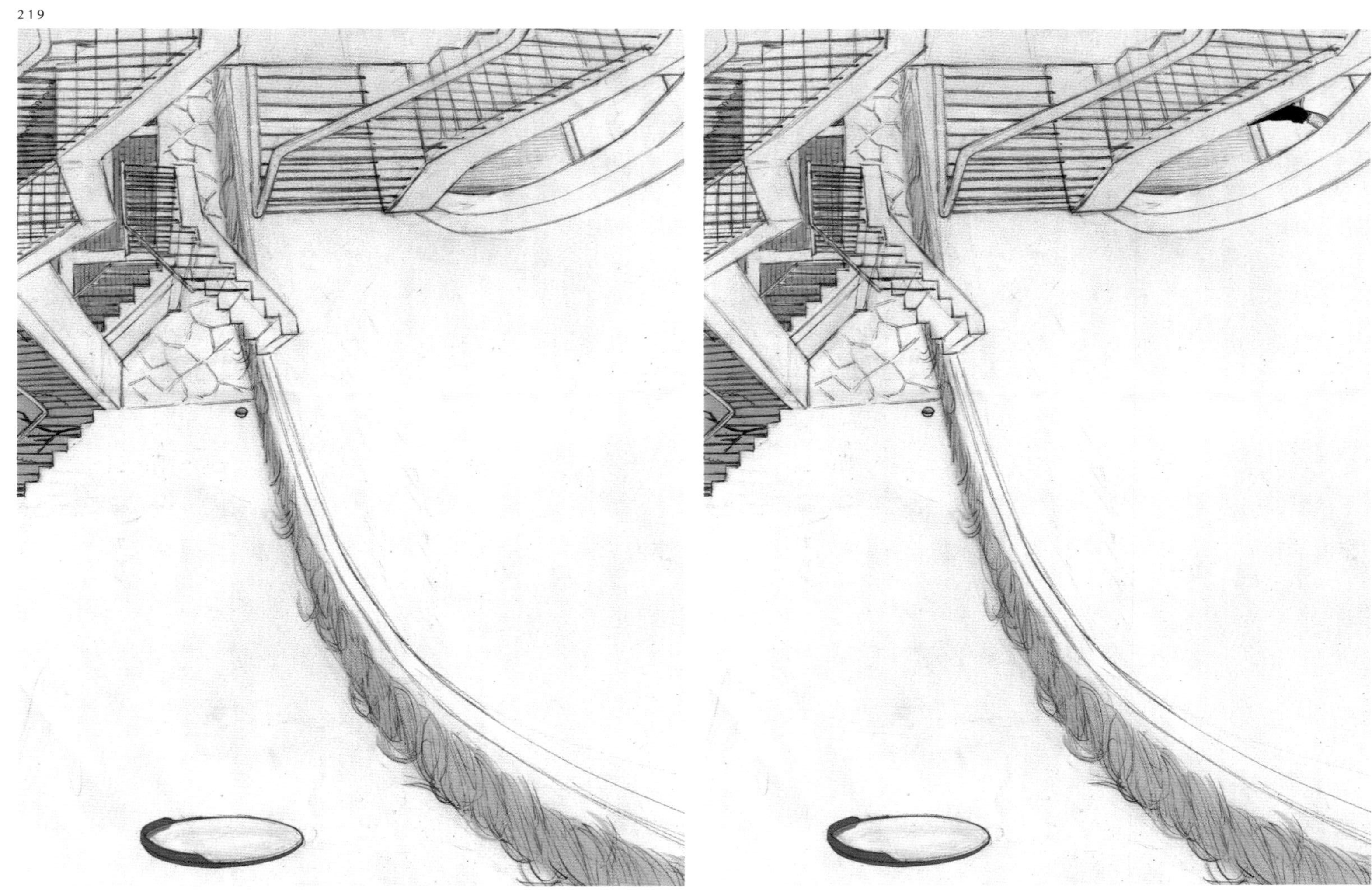

◦

너와 나의 크리스마스

◦

너와 함께 만든 크리스마스트리,
그 앞에서
사진 먼저 찍기.

김치~

Merry
Christmas

Merry
Christmas

Merry
Christmas

Merry
Christmas

Merry
Christmas

○

크리스마스니까 괜찮아

○

너 말야.
이게 몇 개로 보여?

○

눈이 부셔

○

긴 어둠 속에서 빠져나오면
그 긴 어둠 속에 있었던 만큼
세상은 눈이 부셔서

잘 보이지 않지만

Merry
Christmas

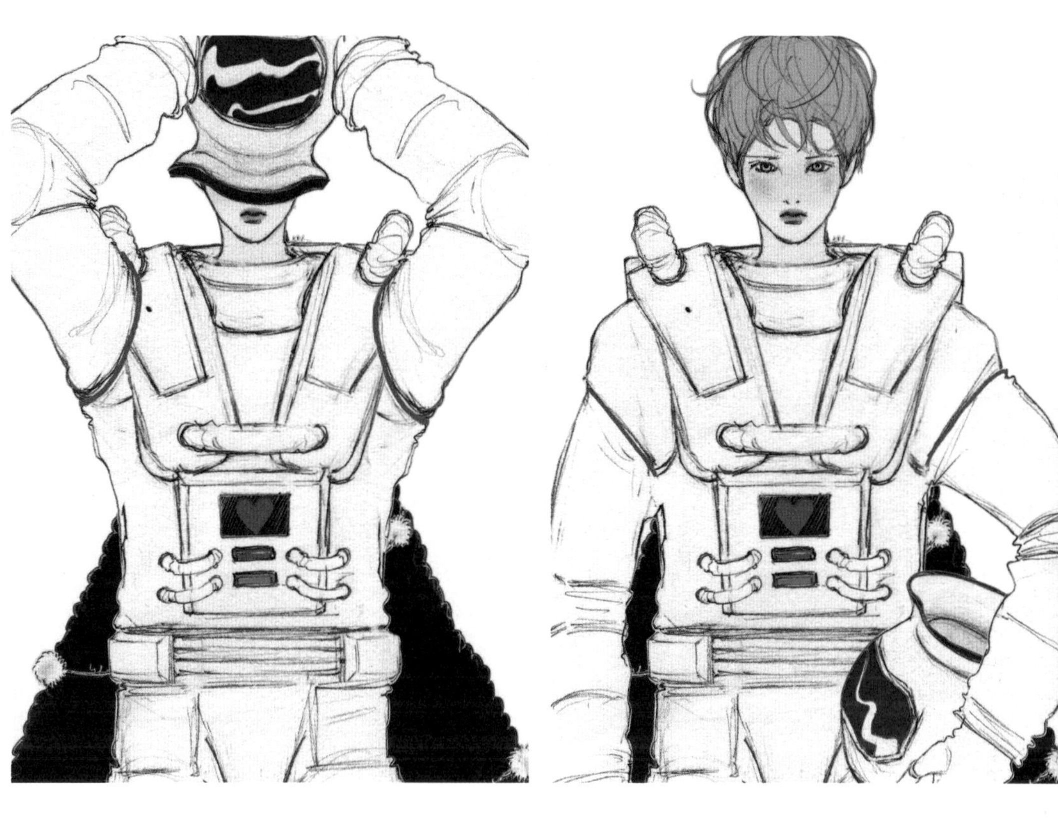

난 얼마가 걸리든
널 다시 찾아낼 거야….

○

낡은 벽장 속 비밀

○

새로 이사 온
오래된 빌라에는
낡은 벽장이 있다.

무심히 지나칠 수도 있었던
벽장 속 벽의 작은 구멍.

덜컥,
벽이 열리고
그곳에 잠들어 있던
비밀도 열렸다.

Day dream

°

천장이 낮은 다락방

°

그곳은 마치

시곗바늘이 멈춰버린
아날로그시계처럼,

어느 시점부터
시간이 멈춰서

이곳에 살았던 누군가의 추억이
박제되어 있는 것 같았다.

◦

꿈꾸는 고릴라릴라

◦

잠이 들었던 것 같다.

꿈을 꾸었던 기분은

눈을 뜬 순간
사라져버렸지만,

어렴풋이
꿈속의 잔상이 남아 있다.